JN091046

歌集

凛と華

長野晃

青磁社

凛と華＊目次

二〇二〇年（コロナ元年）

二〇二一年

歌集 凛と華

長野 晃

二〇二〇年（コロナ元年）

コロナ（COVID−19）現る

スペイン風邪、ペストと同じ感染病コロナ現れ世界に広がる

インフルと桁違いの死亡率 COVID−19 恐怖が走る

ジャングルの奥に潜みしウイルスを飛び出させたか自然破壊は

無茶苦茶な自然破壊にウイルスの住処失いヒトに取りつく

資本主義のグローバル化をあざ笑うごとく広がるパンデミック

七十六歳いくつもあります基礎疾患コロナをさけてひたすら籠らん

パンデミック、ソーシャルディスタンス、ロックダウン何の意味かと戸惑っている

緊急事態宣言

コロナの緊急事態宣言発せられ列島くまなく緊張走る

コロナ対策百八兆円を組んだアベ休業補償はせぬと言う

自粛には補償はないと告げてくる息子の声の荒々しくも

サーフィンを生業にする吾子ついにコロナ休業に追い込まれたり

サーフィンもオイスターバーの収入もゼロになったと吾子伝え来る

コロナ禍の支給申請にらむ子にキャッキャ纏わる三歳の凛

支給金二百万は消費税にすべて消えたと子の声細く

コロナ禍の第二波くれば店はもう持たぬと吾子の泣き声を聞く

ＧＯＴＯトラベル

宮崎の今日の感染急増す店はどうかと慌ててメールす

案じてた第二波兆す瞬間にＧＯＴＯトラベル何たることか

大臣のウイズコロナの言葉聞きコロナの収束いつになるのか

コロナ禍に家の片づけ励む連れ清掃工場のパンク危ぶむ

ウイルスがこわくて連日閉じこもり読みさしの本積み上げてゆく

ライブなくフォークを歌う弟は生活保護にて生きると告げ来

うがい薬がコロナに効くといった知事あくる日誤解となんのことやら

「来年のオリンピックは無理でんな」タクシー運転手のあっけらかんと

コロナにて失職をした青年は路上生活初めてという

マスク二枚

コロナ下の公園に咲く桜花見る人もなく華やいでいる

若者ら総理の宅にデモ掛けるマスク二枚じゃ飯は食えない

効率と自然破壊のいまの世をまだつづけるのか一片の雲

「無駄になるコロナ対策に意味がある」永田和宏科学者の声

基礎研究に重きをおかぬ政権だ　細胞学者の声に頷く

かたくなに休業補償を拒むアベ内閣支持率逆転したり

哀悼　田中礼先生

白梅の花が咲いたと庭からの田中先生おだやかな声

男山八幡の森を指さして田中先生ほがらに語る

講義終え駆けつけくれし先生はホカ弁口に歌評続ける

放射線にて肺がん治癒は儲けもの田中先生ほほ笑みながら

啄木の短歌小説詩や評論全て読めとう先生の声

ホイットマン協会の田中先生追悼号三十頁もあり驚いている

一途なる戦後のたたかい描いてる歌集『燈火』のずっしり重い

処女歌集『燈火』書き上げ潔い生涯終えたり田中先生

上の葉しのぐ

突き抜けるばかりに蒼い空今年いいことあるかと思う

明け方に早も聞こえるモズの声窓の傍にて甲高く鳴く

ヤツデの花

寒の朝頭上にカラスのだみ声し瓦かすめて飛び去りにけり

冬になり枯れたと思ったアジサイのこげ茶の茎に黒芽ふくらむ

切り株に早や萌え出づる八つ手の葉下の葉伸びて上の葉しのぐ

サザンカの一樹に咲ける紅白の寄りそう花にしばし見とれる

わが街にわずかに残る竹林伐られて冬の青空広がる

初音

ウグイスの初音の声かケキョケキョと三年ぶりかわが庭に来て

朝ぼらけ試歩する僕の目の前を小雀一羽いきなり飛びたつ

朝霧は谷を真白に埋め尽くし向かいの団地消してしまえり

春の朝寝間にコトコト風の音あの葉桜もざわめいている

くずは駅のホームに向かう天王山新緑萌えて春がすみ立つ

五月雨にフロントガラスがくもる道白い花散るアカシアの道

山吹の花に逆さに留まる蝶ゆっくり羽を閉じ開きおり

紅い三日月

暁の紺青の空にひったりと僕につきくる紅い三日月

磐之媛の古墳の堀に群れて咲くアヤメの黄の花懐かしみおり

雨あがりの空青々とみはるかす京の山々間近くも見ゆ

濃緑の樫の葉揺れる森蔭を思案しながら一人歩めり

竹の子の缶詰発祥の村である　秦(はだ)の広場の石碑(いしぶみ)に知る

見守りの古老たちより背の高い小学生らが「ありがとう」と言う

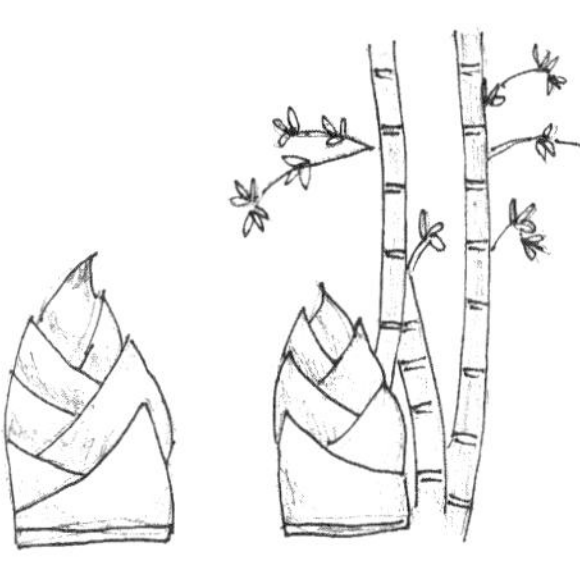

守宮

あかつきに汗拭いつつ試歩をゆき顔を上げれば丸い満月

真夜ふけて窓に白腹押しつけて守宮素早く餌(え)にとびかかる

真夏日の大川端の照る道を放射線治療へ汗垂れてゆく

プランターに輝いていた夏草の風にゆれつつ色褪せてゆく

生垣の陰にほろほろ見え隠れ金木犀の花の香聞える

霜月の目覚めの床に身じろがず今年別れた友らを思う

化石賞

グレタさんの声届いたか日本の高校生も立ちあがりくる

新しく建ちゆくビルのどこからか頻りに聞こえるコオロギの声

里山の小道を走る産廃車あたりかまわず枝葉を散らす

日本の火力発電詰られて国際会議にて化石賞受ける

禁漁の札が立ってた水俣湾　新しい患者が報じられてる

廃プラ・リサイクル公害

十六年を廃プラ公害とたたかい来て歌会に復帰す今浦島か

プラスチックの使用後は考えなかったとすまなさそうに教授の語る

廃プラのリサイクルのガスを吸い目や喉の痛み、湿疹を聞かぬ日はなく

訴える住民を診た医師団はシックハウスの症状を告ぐ

科学者の公害調査の意見書を大阪地裁はすべて認めず

住民の訴える症状は歳のせい気のせいなりと判決下る

アルミやガラスはリサイクルが出来ますが廃プラはほぼ元に戻らず

有害ガスの実験したのか廃プラ病リサイクルの美名のもとに

公害病の友に国賊と言う人のあるを聞きたり耳を疑う

水の惑星

プラスチックは夢の材料と言われ来て今明らかな使用後の毒

海鳥や亀の胃などに見つかったマイクロプラは命にかかわる

海の中マイクロプラの生物濃縮食物連鎖が心配だ

亀

石油を固体にしているプラスチック熱や力で壊れて毒に

単体（モノマー）を重合にて高分子（ポリマー）に　プラスチックは壊れやすい構造と知る

廃プラと海の魚が同量へ瀕死になるのか水の惑星

水を弾くプラスチックの本性が水の惑星壊しかねない

国連がプラスチック協定の制定へはじめて決めた二〇二二年

ああ父はプラスチックのポバールの開発、普及に命かけたり

世界の液晶フィルムの大方はポバールと亡き父に報告をせん

伊藤建夫同志

クラボウに同期入社の伊藤君阪大出身の同じ化学者

半ドンに淀の川原に座り込み一升瓶空け語りあいたり

帝塚山の社長であった君の祖父　大阪市葬の行列長かりしを

伊藤君は通勤途上でさまざまな社会の矛盾を訪ねて来たり

「赤旗」を薦めた僕に頷いた君とは連綿五十年の友

仲人の研究所長に呼び出され労組やめよと迫られた僕

晴れやらぬ苦衷を君に打ち明けてともにたたかう意志を固める

研究所に職場会を結成し団交権を認めさせたり

クラボウ裁判

伊藤君ら本社労組の大会で民社党支持を覆したり
クラボウは事態の変化に驚いて反共プロを雇い入れたり
共産党をやめれば研究させるという脅しを友らきっぱり断る

クラボウは君を研究員からはずし草抜きごみ捨て命じたり

クラボウは研究させず三十年君の昇格昇給ゼロに

クラボウの仕打ちに耐えた同志らは定年前に告訴を決意す

共産党をつぶす会社の本質を東中弁護士鋭く突きぬ

「研究をさせる代わりに党やめよ」と言われたメモを判事ら認める

「共産党員の差別は違法、八千万円払え」の判決下る

餓　死

大戦に駆り出された兵たちが戦争体験語り始める

伯母と叔母　帰ってこない夫のこと僕にはなぜか口ごもりたり

南方の島々にいて支援なく餓死した兵は百万という

ヘビ、トカゲ、ネズミも食べた兵士たちたたかわずして死んでしまえり

見はるかす海の青さに空の青餓死した兵の涙にくもる

ジャングルの泥の木陰に骨さらし今もいるのか二人の小父は

学生帽を脱いで被った鉄兜撃ち抜かれたか先輩たちは

辺野古へ

沖縄の南北貫く高速路米軍用車の頻りゆき交う

ジュゴンが餌場なくして死んだという辺野古のテントにやっぱりと聴く

黄色いオイルフェンスに囲まれた海につぎつぎ土砂投げ込まれゆく

土砂埋める海に生きてる美しいサンゴやジュゴンの命危うし

沖縄戦の死者の骨ある土砂運び米軍基地とはこの恥知らず

ごぼう抜き

沖縄の海の青さに沖縄戦を免れた父の話を思い出したり

もういない首里で育ったテルちゃんがいつも言ってた「土掘れば骨」

米軍のキャンプシュワブのゲート前警備員らのびっしり列なす

つぎつぎにキャンプシュワブへ入りゆく土砂積む車体の見あげるばかり

警備員らにごぼう抜きをされながらオジイオバアとコブシ突きあぐ

沖縄の真青な空に湧く雲に鉄の暴風つと浮かびくる

ジャップ

日米の地位協定に統べられてジャップジャップと言われ来し

足摺の岬の道を見下ろせばああデニー知事の足音ひたひた

明らかに敗戦なのにスメラギの保身のためか沖縄、本土灰燼に帰す

サーロー節子

ああついに核禁条約発効へ原爆ドームが大きく見える

これからが核禁止への道のりだサーロー節子は口元締めて

八時十五分原爆ドームの鉄骨に透けて燃え立つ紅蓮の炎

原爆ドーム

真夏日の原爆ドームの鉄骨の間を透けて白雲のゆく

七十五年ひたすら真実訴えて「黒い雨」は認められたり

ずぶ濡れにたしかに降った黒い雨耐えに堪えたり七十五年

老朽の全ての原子炉廃止せよ原発技術者あつく訴える

アメリカの市長会議が一致して核禁条約迫る記事読む

令和元年

大戦をもう忘れたかそうろりと右を向く人令和元年

明治八年公布をされた讒謗律(ざんぼうりつ)いまもメディアの口噤(つぐ)ますか

（讒謗律：反政府的言論を取り締まった法律）

天皇は憲法護ると言いながら即位の神事は断らないのか
口を噤まず

ジェンダー平等百二十一位の国にいて「女性の活躍」なんのこっちゃ
元始女性は太陽だった国というジェンダー平等百二十一位とは

ジェンダーをおとしめている森発言わきまえぬ女ら口を噤まず

新聞の大きな見出しに黒々とジェンダー平等くっきりとあり

「さようなら」

ウソをつけば昇格ありとも言われたか赤木俊夫氏自死選びたり

清張の小説の場面うかべつつ赤木俊夫の遺書を読みゆく

公務員赤木俊夫氏の遺書に記す「さようなら」の文字じっと見つめる

赤木氏の自死を悔める安倍総理思い当たるか早口になる

森友の不起訴告げられ湧く怒り一点雲なき青空仰ぐ

美しい国

宰相の自宅でくつろぐあの動画　「日本の政治はワシが決める」と

安倍に語らせ野党の反論カットするＮＨＫニュースはすでに戦前

安倍総理の辞任のワケは病です支持率低下をメディア報じず

行きづまり動きの取れぬ安倍おろし何の役目か新総理の菅

モリカケに桜を見る会なにもかも水に流すかアベを継ぐスガ

ウソ、ヘイト、改ざん、隠蔽すべてよし「美しい国」ここに極まる

ルーツ

鋼(はがね)打ち火花散らせる祖父の腕じっと見つめた少年の僕

わが父の生まれは豊後・鶴崎の大声を出す九州男児

二等兵長野浩一陣営の起床ラッパを夕餉に見せる

戦争はアジア解放のためだった幼い僕に母は話した

夜の更け襖越しに聞く父母の声ともにゆずらず深夜に及ぶ

父母の口論するのは金のことわが家の貧しさ胸に刻んだ

父の手のいまわの母の手を握り「苦労したね」と涙にくれる

幾日も徹夜し吾子はわが父の最後の日々を看取りくれたり

父母の墓所の丘に広びろと芝生青めるゴルフ場見る

マルクスの黄ばめる写真に父の記すＧｏｉｎｇ　Ｍｙ　Ｗａｙ思いがけずも

その価値はわからぬけれど亡き父の工務日誌を捨てかねている

父の著書『ポバール』の古書五万円ネットに見付け驚いている
（「ポバール」は日本で唯一開発したプラスチック）

冤　罪

百人の冤罪記事が載っている救援新聞ていねいに読む

この国の百件もある冤罪に司法の正義を疑いはじめる

冤罪の百件もあるこの国の有罪率九十九・九パーセントを聞く

あの件は間違いでしたと言えぬ人この国なればゴマンといるべし

日本の人権尊重最低とイギリスに住む歌人憂いぬ

回想・ギブスベッド

四十一歳「まだ仕事やるか」と尋ねくる四方医師に命任せる

ギブスベッドに半年臥して漱石の小説すべて読了したり

半年の入院暮らしに小説の名作読破にファイトを燃やす

入院中に気晴らしにせんと何となく作った短歌を今も続ける

手術して三年目にして歩けたり白良（しらら）の浜の砂を蹴りゆく

白浜の浜辺の宿の湯につかり冷たい夜の潮騒を聞く

裸足（はだし）にて浜の白砂踏みゆけば直ぐに潮（うしお）のじわり湧きくる

休職の五年の間の独り旅ときに浮かべてやすらいでおり

籠り日の歌

坂道を登って行けば急坂の待ち構えおり自転車降りる

外をゆく一人一人の髪形を床屋の主がコメントしゆく

夭折の画家らの油彩の影深く絵の具を厚く塗り込めており

教員の長時間労働蔓延し教育劣化のとどまることなし

最高裁が非正規の有給休暇を認めたり　わずかながらも扉の動く

欲しくなり買ってしまえば本棚に埃をかぶる古本多く

日本のカジノ市場を狙うのか中国企業も賄賂厭わず

マンデラの獄舎の跡を訪いて汚れた布団をじっと見つめし

「新聞のあなたの短歌楽しみよ」媼に言われはにかんでいる僕

ああああれは十八歳の秋でした胸に宿った一すじの道

生きてゆく地球の未来に立ちあがる高校生デモに光を見たり

デモ隊

二〇二一年

追悼　水野昌雄さん

わが歌をユニークと評し短歌へと導きくれし水野さん逝く

春雪忌の歌会に参加し驚いた先生ではなく水野さんと呼ぶ

一葉の碑の傍に吾をたたせカメラ構えた水野さんの眼

一葉の記念館にて絵はがきを選んでくれた水野さんの手

子規庵の座敷に座りヘチマ見てぶらり語った水野さんの口

子規と母、妹律の並ぶ墓水野さんと共に見つめる

投げ込み寺の蔵にひしめく骨壺を覗き語った水野さん逝く

ヘチマ

膨大な啄木資料を送りくれその直後にて水野さん逝く

藩札のような短歌つくるなよ水野さんの教えの一つ

リアリズムは写真のようなものでない虚構も語った水野さん逝く

二万歩の文学館へと向かう道　ずかずか歩いた水野さん逝く嗚呼

コロナ越年

つぎつぎに姿変えゆくウイルスの衰えぬまま年を越したり

コロナ禍に入院かなわぬ友の死を聞いて驚く涙も出でず

パンデミックに医療届かぬ幾億人これで五輪をすると言うのか

何万人もの自宅待機の感染者救える命も救えぬ国か

あきらめず電話しつづけ三十回ワクチン接種日ようやく決まる

コロナ太り

大企業のコロナ太りの報道に富者の税金上げろと思う

何兆円のコロナ太りの大企業が数千人の首切るという

ま冬の光

雨あがりの空にひと筋蜘蛛の糸雫一滴きらめいている

末枯れたと思っていたがススキ穂の淀の岸辺を銀に彩る

南天の小さく赤い実にやどる一粒一粒ま冬の光

節分に生れた女孫のライン見る　髪黒々とまるで若武者

冬蒼き暮れゆく空に南よりうす紅の雲流れ来る

厳寒の金剛山にのぼり来てきらめく霧氷をひとり楽しむ

冬枯れの樫の小枝に並び立つ黒い芽吹きのみな天を突く

冬の朝丘のかなたの青空に稜線黒き交野山（こうのさん）見ゆ

冬晴れに久し振りにて病院へ千歩半ばで息切れをする

末枯れたと思いこみ来しツワブキの黄の花群れてあたりを照らす

寒の朝さえずりやまぬミソサザイかわるがわるにあたり震わす

春の歌

春の朝永遠に遭えない君なのか忍ヶ丘に花の散りゆく

道端の草にかくれるツクシンボ見つけてはゆく　遠い学校

捩花の小さな筒に口を入れ紋白蝶は花めぐりゆく

春の朝静寂をやぶるモズの鳴く喉をしぼりて何をか求む

早々と咲きはじめたよ桜花ことしの夏のわが身や如何に

ザンザザンザ花の散りゆく桜木に青葉おちこち萌えはじめたり

桜花散り失せるとき白々と水木の花の咲きはじめたり

イヌマキの濃き緑葉に早緑の若葉の凌ぎ狭庭明るむ

いつの間に繁るハーブか白い絮（わた）青い実触れればみな柔らかく

切り株に萌える早緑八つ手の葉葉脈くっきり陽に透けて見ゆ

凛凛チャップリン

初孫の凛の名の付く本見つけ『凛凛チャップリン』すぐ買いました

ヒトラーとチャップリンは同い年『凛凛チャップリン』一晩で読む

父母のロマのルーツをチャップリンは生涯誇りにしていたという

屋根裏の暗い小部屋で母と兄、チャップリンともに眠ったという
「独裁者」の映画見たさにそっと僕物理の授業をエスケープした
ライムライトのテリーのテーマに聴き惚れてなぜか涙が頬を伝わる
チャップリンとヘップバーンの幼き日ともに貧しい日々を暮した

チャップリンとヘップバーンの生涯の反骨精神うれしくなった

アカ狩りをほとほと憎んだチャップリン　自由の女神のアメリカを去る

チャップリンと啄木、祖父は同世代生きんがためにもがいた一世

尿道狭窄症

わずかなる血尿を見て医師の告ぐ明日入院あさって手術だ

ジャズを聞き半身麻酔に痛みなく僕の肉片削られてゆく

病院から差額ベッドにされかけて抗議をすれば取り消されたり

下半身に麻酔を打たれ手術され何をされたか看護師に聞く

入院中家族の面会禁じられスマホいじくる三週間を

オッお父もラインやるのかと宮崎からの見舞いのライン来

リハビリ士は「足の筋肉減ってる」と手を休めずに告げてくれたり

三週間病院にいて退院の足元よろけタクシーを呼ぶ

カラーにて尿漏れ対策ズラリあり同病多きをネットにて知る

啄木（一）一家離散

啄木は村の神童とはやされて　明星きらめく東都へ奔る

東京にあてなき啄木しかたなく英語に没頭心を病みぬ

父・一禎の僧職除籍に糧道を断たれた一家は路頭に迷う

六人の家族を支える啄木は月給八円の代用教員に

啄木は渋民小の教え子を陋屋（ろうおく）に呼び朝勉を見る

一禎の復職ならず住処なく途方に暮れて一家離散に

啄木（二）青柳町

函館の代用教員に職を得て母と妻子とくらした啄木

函館の青年詩人ら啄木の家に集いて談論風発

同僚の橘智恵子の明るさに啄木たちまち魅せられにけり

啄木は宮崎郁雨と交わりてその生涯を助けられたり

啄木を立ち直らせた青柳町文学精神培い得しか

「函館の青柳町こそかなしけれ」いつも心で歌っている

啄木（三）節子の思い

小樽での喧嘩を悔いた啄木は『一握の砂』にて謝っており

啄木は雪ふる小樽の襤褸(ぼろ)家に妻子を置いて釧路へ去りぬ

小樽にて貧苦の底に沈み込む妻の節子の思いの如何に

小奴と遊ぶ啄木小樽での吹雪の中の妻子はどうした

啄木は釧路新聞に労働の時間短縮の論陣を張る

啄木は文学の夢捨てがたく三か月にて函館へ発つ

啄木は函館に住む妻子らを郁雨に託し東都へ向う

みはるかす太平洋の冷風に石川啄木何を思いし

啄木（四）挫折

与謝野夫妻に迎えられた啄木は森鷗外の観潮楼にもあがりたり

二十二歳の啄木ひたすらひと月に小説七本書き継ぎにけり

小説家を目指した啄木挫折して自死の思いを日記に遺す

夜の寺墓所をさまよう啄木は二百首一気に詠みあげにけり

明星も自然主義にも充たされず啄木短歌を玩具に見做す

啄木（五）校正係

啄木の就活実り朝日新聞校正係に雇われました

労働者石川啄木の賃金は代用教員の三倍になる

啄木は月給とりにて母妻子すぐに東都に呼びよせました

漱石が上司にいて啄木は四迷全集の校正任さる
（四迷：二葉亭四迷・小説家）

啄木は東京朝日の短歌欄の初代選者に抜擢される

啄木は白秋、勇ら朋友（ぽんゆう）と夜の浅草遊びまわりぬ

（白秋：北原白秋、勇：吉井勇。文芸詩誌「すばる」の編集を啄木と共にした。）

啄木（六）子規と啄木

キーン氏はローマ字日記に注目し啄木こそは現代人と言う

子規は近代人、啄木は現代人、キーン説の根拠を求める

子規は維新、啄木は産業革命、二十年の異なる社会

子規はフランクリン、啄木はマルクス、読んだ著作も相当異なる

子規は旧派打倒、啄木は明星、自然主義の体験もした

子規は自由民権、啄木は大逆事件にて政治に開眼

子規の『歌よみに与ふる書』啄木の『食ふべき詩』　歌論それぞれ今も読まれる

子規は「写生」にて、啄木は『一握の砂』にて国民歌人に

河上肇の『貧乏物語』に啄木の「働けど」の歌が載り有名になる

子規、啄木ともに結核に絶命しその名を今に残した歌人

啄木（七）今こそ啄木

啄木の野放図許さぬ友のいてさなりさなりと今は思える

啄木は妻の家出にうろたえて『食ふべき詩』にて居ずまいただす

労働苦、貧苦、悪政に啄木の思いを込める『一握の砂』『悲しき玩具』

「朝鮮の併合非難は啄木のみ」田中礼氏の力説際やか

啄木の『時代閉塞の現状』ひきながら姜尚中は今を説きゆく

「いのちなき砂のかなしさが一番」と湯川秀樹氏口火を切りぬ

湯川秀樹は「啄木の短歌はすべて好き」と述べたことあり

啄木の没後百十一年今も無類の国民歌人

バースデイケーキ

大きめのバースデイケーキは初めてだ二人で祝う連れ合いの喜寿

リハビリ士にならった体操さっそくと連れは僕より熱心にする

朝が来て昨夜のケンカもう忘れ共に笑顔で朝メシを食う

十五年前候補者だった連れの声マイクを持てば若返りゆく

恋妻はわが背の曲がり叱れども僕の姿はわからない

ともに知る友の名出ない僕と連れ身振り手ぶりで頷きあえる

連れの居ぬ昼メシ三日を卵かけご飯がいっぱい食べられました

手術日の三日前から連れ合いはいつものようにバッグ詰めゆく
（連れの白内障手術）

若き日のべっぴん教師の連れ合いは今朝もじっくり鏡に向き合う

喜寿までに生身に五度メスを入れさまざま骨を取りかえた僕

冷麺をやめて饂飩に替えました二人の昼餉に秋の風吹く

サイタサイタ

逃げ込んだガマの闇にて村人の最後の言葉は何だったのか

敗戦の明らかな時四千の学徒兵が空に逝きたり

玉砕を知らす打電の暗号の「サイタサイタ」に胸ふさがれる

南北の板門店宣言に記された「わが民族」の文字の哀しき

園児らのあらわな大きなシュプレヒコール軍国教育の実際を見る
（森友学園）

インパール作戦の兵十万の八割が餓死病死だと言う

日本軍がアジアの民衆二千万を殺めたリアルをつぶさに知りたし

アジアでの侵略戦争認めないこんな政府をのさばらすのか

戦時中に生れ疫痢に死にかけたわが身と聞けば命愛おし

黒いマスク

ナオミさん人種差別に抗議して黒いマスクしスマッシュ決める

マスクには虐殺された黒人の女性の名を記す大坂選手

ナオミさんマスク七枚七戦を見事勝ち抜き優勝したり

大坂ナオミの黒いマスクは今もある差別の事実を胸に突き刺す

黒いマスク

黒いマスクで黒人差別をアピールし大坂ナオミは世界を揺るがす

人種差別を黒いマスクに訴えた大坂選手は日本の誇り

高圧線

整然と区画されてる住宅街小暗い朝の誰にも会わず

空高く高圧線に触れるごとカラス飛びゆく何をかもとめ

鳩一羽電柱の上にじっといて夕日に向かい鳴きつづけたり

石段を上へ上へととんで来て黒いアゲハの眼の前を過ぐ

今やロボット

棒立ちしキャリアのメモを読み上げる総理の眼（まなこ）は今やロボット

役人のペン先なぞり棒読みの総理の答弁聞き取り難く

政権に逆らう学者は排除する誰にもわかる菅氏の本音

菅総理科学の道理を厭うのか学術会議の任命拒む

「答弁を控える」と言い席につく国のトップが黙秘するのか

見たものを見ぬと言い張る菅総理追い詰められて背を向けて去る

被爆者を悼むと言いつつ核禁止署名を拒む日本の首相

パンケーキの毒味の話題盛り上がり今日の歌会の暑さ吹きとぶ

菅総理の息子の件はいつしかに紙面に書かれなくなりました

記者たちの総理総理と呼ぶ声に菅氏背を向け小さな影に

人類存亡

世界中洪水山火事たえまなくグレタ・トゥーンベリの叫びが聞こえる

炎熱に続いて大雨襲いくる天変地異を目の当たりにする

パンデミックや異常気象をもたらした体制転換変革の意志

大津波に二万人をのみ込んだ三・一一復興未だし

大地震もメルトダウンも忘れたか原発再び推進する莫迦

気候危機人類存亡にかかわれる石炭火力に執する徒党

維新

入院できずコロナに死んだ友のこと吉村知事は決して述べず

イソジンをウソジンなりと言い換える大阪人の気転の失せず

何ゆえか維新の知事を夕餉時連日映すＮＨＫとは

三十億の維新の受けとる交付金どの身を切るのか特権切るべし

廃プラの健康被害を訴える面会拒否した橋下知事は

若ものが大阪市を守った事実知る京大教授の分析データに

（大阪都構想を再び否決）

二〇二二年

屠蘇

寅年の初春の朝九条を護り抜かんと屠蘇を飲み干す

元日の言祝ぐ朝に思いつく第四歌集をぜひ作らんと

青空をゆっくり流れる綿雲の永遠に続けよこの平和こそ

喜寿

鬼遣らい七十七の豆数え「ようがんばったね」と連れと言い合う

琵琶の湖はるか見下ろす寺庭に黄に咲き初めしミツマタの花

水やれど枯れたと思った雪柳青葉ポツポツ芽吹きはじめる

一歳の孫の華にもまだ会えず年越しコロナの出口の見えず

早春賦

春になれば空にカラーで描きたいコブシ、レンギョウ、カタクリの花

立春を十日も過ぎて列島に雪降り続く何の知らせか

朝早く金切り声をあげるモズ　危ういことの身に迫るのか

早春の樹々の芽吹きのするどくも美空に届けと突き刺さんとす

玄関をガラリ開ければ良い香り紫スミレのいっせいに咲く

あかつきの小暗きなかをチチと鳴く名知らぬ鳥に春の声聴く

ゲルニカ（一）

ゲルニカを見せつけたいのかプーチンよ　パブロ・ピカソの号泣止まず

軍拡が戦争抑止になるという神話のまぼろし今明るみに

大ウソでだませるものと思いこむヒトラーに似る脳(なずき)のプーチン

プーチンは学校病院構わずに撃破してゆく冷酷人か

ロシア軍に命とられた赤ちゃんのバギー車なるか広場うずめる

ウクライナの国歌を初めて聴きましたとりわけ響いた「自由のために」

まぼろしの大ロシア主義に取憑(とりつ)かれ暴虐止めぬ「大帝」よ去れ

ゲルニカ（二）

二十世紀の「戦争は悪」の達成をいきなり破ったプーチン大帝

コサックの末裔にしてソビエトに抗いて来たウクライナの民よ

ロシアには専制支配の永くあり皇帝にスターリンを継ぐプーチンか

丸腰の市民ら集う学校へ非情の音立てミサイル火を吹く

氷点下の地下壕に座る老人のローソクの灯に手をあぶりつつ

ミサイルか空爆なるか火を吹いて団地の鉄骨剝きだしにする

バリケードを必死に築く市民たち戦車の道をたちまち塞ぐ

つぎつぎに銃を構えるウクライナ兵　パルチザン映画思い出したり

無造作に掘られた穴に次々に投げ込まれてる遺体の袋

ロシア兵の母親なのかローソクの揺らぐ灯影に泣き崩れたり

バラック小屋に方便(たっき)もとめる避難民子を抱く母ら群がりており

マリウポリの避難者二十万人逃げられず目に鮮やけしゲルニカの惨

プーチンはマリウポリの学校病院吹き飛ばし　うそぶいている「誰のしわざか」

ウクライナの市民虐殺ニュース見る南京虐殺つと浮かびくる

拷問や虐殺あるやも知りながらうなだれ歩くウクライナ兵

ゲルニカ（三）

「何にも悪いことなどしていない」キエフの娘は泣き崩れたり

屈するより闘うことこそ本望とキエフの主婦は銃を撫ぜつつ

青と黄の旗を掲げて娘らは「自由のために」と清らに歌う

人間の未だ愚かな現実を侵略はじめたプーチンに見る

国連の役割知らせず念入りにメディアは伝える兵器の性能

ついに起つロシアの母ら命懸け「息子を戦にわたさない」と

九条を高く掲げてプーチンの侵略戦争とめるべし

梅雨

仰ぎ見る生駒連峰青黒くくっきり見せる梅雨晴れの空

梅雨晴れに木漏れ日ゆれる廃寺跡落ち葉の道をガサゴソ歩む

高塚の古墳にのぼり見晴るかす飯盛の峰なつかしき山

葉桜の葉陰に少し頭出しわが眼見たのかヒヨ飛びたてり

家々にドクダミの葉のしげる庭眼にもやわらな路地裏をゆく

ドクダミは薬草にして十薬とも白いクルスの花のすがしさ

土砂降りの耳をつんざく音やよしそぼ降る雨の冷たきもよし

梅雨の朝谷に流れる濃い霧に向かいの団地見えつかくれつ

雨の中電線に留まる白い蝶翅閉じたまま動かずにいる

保育所に感染者出て孫の凛遊べぬと言い親に泣きつく

初夏

イヌマキのまるく刈られた若葉萌え曇れる空に明るく映える

たえまない沢の響きよウグイスの鳴く音も遠い山の湯の朝

初夏の若葉の木立に囲まれて僕はしばしの憩いに浸る

橙(だいだい)のノウゼンカズラの花開き梅雨の夕日に光り放てる

紫の色の褪せゆくアジサイにクマバチ近づきすぐに去り行く

イヌマキの早緑の葉の濃緑の古い葉しのぎ梅雨空明るむ

初夏の朝(あした)の空に輝けるうす紅(くれない)の上弦の月

「このラッキョウ私が漬けたのよ」朝餉の前の妻の得意げ

梅雨明けの朝の空気のさわやかに濃緑映える北生駒の峰

岸和田より

娘真美夫君と琉犬ギュウと住み泉州野菜を堪能しており

ぎゅう

コロナ下でバイトも出来ぬ学生ら真美ら始めるフードバンクを

奨学金の返済七百万を負担する声を聴きゆく娘のライン

父の日に足枕など贈りくる娘夫妻に感謝の電話す

宮崎より

ゴミ出しにつんと匂ったメロン味息子夫婦に贈られた夏

父の日に息子夫妻の送り来た宮崎野菜の皆みずみずし

今年またイセエビ二尾のうごめきを届けてくれた息子夫妻は

ラインにてお医者さんごっこの注射うつ三歳の凛ニッと笑って

秋

東京のオリンピックは失敗だ「ワシントンポスト」は早も報じる

同窓会五十年ぶりの論敵と笑顔交わして握手などせり

彼岸花の早緑の芽が出てますよ朝の狭庭に透る声聴く

昨日庭に一本覗いたマンジュシャゲ今朝はすっくり五本並びて

初秋のうす紅の朝空に生駒の峰の黒々と立つ

初秋の朝の静寂に鳴くカラス熟柿まだかと二声三声

秋の空電線五本ゆれており中につっぱる白い一本

生ゴミを静かに堆肥に変える菌　黴菌ならず格別な菌

秋空にゆっくり流れる綿雲に槇の上枝のさわに揺れつつ

年相応

引力に抗いながら足をあげぐいと踏ん張り石段上る

歳のせいとは言わずに年相応わが眼をのぞく医師の一言

機械ならもう廃棄するわが身体今年の夏は要警戒だ

堅い木を削るわずかな音を聴く君の聴覚私も欲しい

駅前を吹き抜けてゆく秋の風老い人あまた背（せな）を丸めて

グラデーション

日の出前赤黒い空に浮き上がる街の甍の黒々として

早春の空の蒼さのグラデーション眼見上げてしばし見惚れる

早春の朝の静寂の試歩をゆき刻々移ろう蒼空見あげて

朝焼けの雲の彩る青空にひとつはなやぐ十六夜の月

三歳の凛につづいて二人目の孫はこれから華と呼んでね

紫小灰蝶

春の朝小糠雨ふる葉影より紫小灰蝶(むらさきしじみ)とび出で来る

コロナ禍に籠っているうち雪柳コデマリも見ず春の闌けゆく

はるかなる京の山なみ薄墨に　近きに新緑交野山(こうのさん)見ゆ

その根のみ土に埋めたスズランの土を破りて青葉萌え出づ

末枯れたるアジサイの枝にほつほつとうす青き芽の天に尖れり

春の空円盤の如き白雲の日に輝きて動かざるべし

回想の波照間島

虹色のサンゴの海の透きとおり機体まざまざ波照間へ飛ぶ

波照間の空港職員に高三の真美は問われた「お連れですか」と

はじめての波照間島に見るデイゴ濃き紅の眼に染むばかり

波照間の遠浅リーフの白砂を黒いナマコを避けながら行く

波照間の岸に砕ける白波の青空たかく届けとばかり

人頭税にオヤケアカハチ抗いしを波照間の古老に夜っぴて聞かさる

ウチナー

海と空目覚めるばかりに輝ける摩文仁の丘に立ちつくしたり

沖縄の米軍基地からベトナムへああ幾万の人殺めたか

沖縄の米軍基地からオミクロン市中に広がり猛威を振るう

日本を守る基地ではありません米軍司令官言い放ちたり

辺野古基地無用であると言い切った元自衛隊幹部の穏やかな声

沖縄の彩り豊かな花園に金属音立て軍機迫り来

原爆投下国

トルーマンの原爆投下にチャーチルも同意したこと知らなかった

折り鶴を置きに来たのかオバマさん核禁条約触れずに帰国す

バイデンも核禁条約の署名拒否アメリカ政府の心底見たり

九条を壊し日本の若者を戦に連れ込むアメリカなのか

沖縄の本土復帰から半世紀今日も米兵かっ歩しており

日本は軍事費増やし核を持てアーミテージのあからさまなり

核持てば平和になるというアメリカもロシアの戦争止められず

新総理広島出身を言いながら核禁条約黙殺しており

イマジン

万が一米中戦になるならばウチナーンチュは生贄にさる

米軍の基地ある限りわが祖国アメリカ国の属領なるべし

右顧左眄巧言令色岸田さんつづまるところはアメリカ詣で

賛カルト

怪しげな霊感商法の頭目を誉めそやしたり安倍晋三氏

国葬儀笑いが止まらぬ輩おり霊感商法反共カルト

岸アベの三代続く賛カルトこんな輩に統べられていたのか

政権はカルトに関わる面々かやさしい声にて民を牛耳る

野呂栄太郎

共謀罪秘密保護法使うべく虎視眈々と狙う権力

法相は「治安維持法は適法」と当たり前の顔して答弁す

獄に居て伊藤千代子の凛たるを塩沢富美子氏誇りて語る

（塩沢富美子：野呂栄太郎夫人）

塩沢さんの『野呂栄太郎の想い出』を読む　治安維持法のリアルが迫る

大阪冬景色

正月から倍々ゲームのオミクロン第六波とはやっぱりそうか

滋賀京都に豪雪あるも澄みきった青空つづく大阪の町

もともとは瀬戸内気候の大阪だ商売繁盛人倚るところ

大阪市の保健所潰しに驚いた五十の施設が一カ所になる

産科のある住吉病院維新らは二重行政と閉ざしてしまう

コロナ禍にベッド病院減らすという維新の知事を支持するナニワ

大阪のコロナ感染一桁がたちまちにして万余となりぬ

「症状の軽い府民は医者いらず」医療崩壊見ぬふりか知事

学校や老人施設に保育園クラスター頻り大阪の街

マンボウに商い落ち込む大阪の老舗も次々潰されていく

身を切ると維新は十年言いつづけ政党助成三十億を得

籠もりおれば人の気持も荒ぶのか殺人報道増ゆるを憂う

もうここで止めねばならぬパンデミック検査とワクチン急ぎに急げ

青草のハーブの茂りに埋もれて関西タンポポひとつ黄に咲く

ゼラニウム

雪柳ピンクすずらんゼラニウム初めて鉢植え花は咲くのか

春の朝濃き緑葉のゼラニウム小さな風にそよぎやまざり

冬のあいだ水やり続けたゼラニウム白く小さな蕾萌え出づ

春雷に折れて地を這うゼラニウム朝日に向かい赤い花咲く

同調能力

三十年来の四方医師に頸椎のＭＲＩ画像の説明受ける

弾いた人誰がいるのか四十年小部屋を占める我が家のピアノ

久々にオンラインにて会うはずの友の口ぶり思い出してる

敗戦後の復興すすめた老いたちの少ない年金まだ減らすのか

癌治療にアストラゼネカの注射五万円一割負担を二割にするな

二年前歩いて行った病院へタクシー頼む籠った結果

今朝もまたホウレンソウの白和えだこの夏連れの定番になる

敗戦忌反省述べる天皇を無視するように総理語らず

眞鍋さん同調能力なき故とアメリカへ行きノーベル賞とは

神無月

夜明けから日の出るまでの半時をじょじょに変われる紅の空

高宮の廃寺の森の枯落ち葉一足一足踏みしめて行く

アジサイの花の末枯れて青き実の固きひしめきそっと触れたり

朝焼けの静寂にひびく百舌鳥の声早も早贄突き刺したのか

指の先から

新聞もお札もなかなかめくれない指の先からこわれて行くのか

卒業の単位が足りず教授室めぐるいつもの夢に目覚める

ゴミを出し新聞を取り朝めしにオッと忘れた出来た入れ歯を

少しずつ脳細胞の減りゆくか今朝も名の出ぬ親しい友の

玄関をガラリ開ければカナヘビのチョロリ顔見せ草陰に入る

戦争前夜の声

「反共は戦争前夜の声である」蜷川虎三思い出したり

どさくさに紛れて言うのか核共有プーチンに劣らぬアベ氏や維新

真田山の陸軍墓地に苔むした日清日露の墓石ひしめく

南スーダン派遣部隊を見送れる母は子を抱き涙しており

戦争をほんまにするのか新聞に敵基地の文字今日も書かれて

恥ずべきは原爆落としたアメリカへ素早く詣でる歴代総理

恥ずべきは「敵基地攻撃」を言う政府戦争するぞと脅しはじめる

永遠に平和を

日本国憲法九条が示してる戦争放棄の世界の平和

オスプレイ米軍基地の増える今イクサ思うは杞憂だろうか

積極的平和主義とは戦争を進める準備のことではないか

自公維に国民民主も同調し改憲発議の謀られる今

アメリカのポチでいいのか君たちは大和魂忘れたのか

戦争放棄の九条掲げ力込め平和外交なぜしないのか

戦争を続ける時ではないだろう存亡問われる人類の今

軍隊と兵器と基地のある限り世界平和は遠いまぼろし

雲低き辺野古の浜に並び立ち腰に手をあて拳突き上ぐ

貧しくも生きる我らの行く道に野党共闘なくてはならぬ

反戦平和自由に言える今でこそ九条いのちの政府切実

凛と華六歳二歳の孫むすめ永遠に平和を九条いのち

歌集『凛と華』に寄せて

渡辺 幸一

『凛と華』は長野晃の第五歌集である。二〇二〇年から二〇二二年にかけて作られた五百二十七首が収められている。それらの歌を読み進めてゆくと、作者の人物像が明瞭に浮かび上がって来る。長野は行動の人である。彼は行政や企業の理不尽な行為を見過ごすことが出来ない。徹底的に事実関係を調べ、糾弾の声をあげる。長野はこれまでに多くの公害問題と取り組み、運動の先頭に立って来た。基盤にあるのは物事を冷静に分析し、本質を正確に捉えようとする姿勢である。それは学生時代、京都大学工学部で研究に励んだ時期に身につけたものだろう。

長野は行動の人であると同時に多感な人である。社会のさまざまな問題に立ち向かう時、彼の胸の奥底から名状しがたい叫びが突き上げてくる。それを多くの人々に伝えるために、短歌という表現形式を選び、作品を発表し続けて来た。『凛と華』に収められた歌を具体的に見てみよう。

プラスチックの使用後は考えなかったとすまなさそうに教授の語る
廃プラのリサイクルのガスを吸い目や喉の痛み、湿疹を聞かぬ日はなく
有害ガスの実験したのか廃プラ病リサイクルの美名のもとに
プラスチックは夢の材料と言われ来て今明らかな使用後の毒

引用したのは、大阪府寝屋川市で廃棄プラスチック処理によって引き起こされた公害を詠んだ歌である。リサイクルという美名のもとに、行政と民間会社が共同で企画した廃プラ再生事業を実施、安易に廃棄プラスチックの熱溶融を行なった結果、有毒物資が発生し、多くの住民が健康被害に苦しんだ。長野は行政に対して処理工場の操業停止を求め、仲間たちとともに戦った。「有害ガスの実験したのか」はまさに大学で化学を専攻した長野ならではの問いかけである。また、

かつて勤務先の上層部から不当な干渉を受けたことに関し、次のような歌を詠んだ。

仲人の研究所長に呼び出され労組やめよと迫られた僕
共産党をやめれば研究させるという脅しを友らきっぱり断る
研究所に職場会を結成し団交権を認めさせたり
「共産党員の差別は違法、八千万円払え」の判決下る

企業人としての栄達よりも、自分の信条と仲間との絆を大事にする長野の生き方がここに表れている。さらに私が注目するのは沖縄に関する歌である。

沖縄戦の死者の骨ある土砂運び米軍基地とはこの恥知らず
もういない首里で育ったテルちゃんがいつも言ってた「土掘れば骨」
警備員らにごぼう抜きをされながらオジイオバアとコブシ突きあぐ

日本の政府は明治期の「琉球処分」以降、構造的に沖縄を差別して来た。太平洋戦争の地上戦では多くの住民が命を奪われた。戦後は沖縄に米軍基地を押し付けただけでなく、近年は辺野古沖に新基地の建設を進めている。しかも、政府は辺野古沖を埋め立てるため、沖縄地上戦の犠牲になった人々の遺骨が混じっている土砂を使おうとしている。沖縄の出来事には常に日本の歪んだ政治が投影されている。長野はそれを肌身で感じ取るために沖縄へ行き、キャンプ・シュワブのゲート前に地元の人々と座り込んだ。このように政治と社会の動きに鋭い視線を向け、行動する過程で心の奥底から湧き起こる叫びを、短歌によって表現するのが長野晃の真骨頂である。この歌集では森友学園事件や憲法改悪のことなども直截な形で詠まれている。彼はまた国際社会にも目を向ける。

ゲルニカを見せつけたいのかプーチンよ　パブロ・ピカソの号泣止まず
ウクライナの市民虐殺ニュース見る南京虐殺つと浮かびくる
「何にも悪いことなどしていない」キエフの娘は泣き崩れたり

ゲルニカは一九三七年にドイツ軍の無差別爆撃を受けたスペイン北部の都市である。その爆撃をモチーフにピカソが描いた「ゲルニカ」は二十世紀を代表する名画である。長野はロシアのウクライナ侵攻からゲルニカの惨状を思い浮かべた。ウクライナ侵攻は国際法に背く蛮行である。しかし、日本の軍隊もかつて中国大陸を侵略し、南京で大虐殺を行なった。長野はその事実を忘れていけないと言っているのである。こうした歴史に対する鋭敏な意識も長野短歌の特徴である。その一方でこの歌集には家族に関する歌も多い。

大きめのバースデイケーキは初めてだ二人で祝う連れ合いの喜寿

朝が来て昨夜のケンカもう忘れ共に笑顔で朝メシを食う

若き日のべっぴん教師の連れ合いは今朝もじっくり鏡に向き合う

鬼遣らい七十七の豆数え「ようがんばったね」と連れと言い合う

父の日に足枕など贈りくる娘夫妻に感謝の電話す

今年またイセエビ二尾のうごめきを届けてくれた息子夫妻は

引用歌の一首目から四首目までは妻を詠んだ歌である。妻は長野のよき理解者として、時には喧嘩をしながらも、長い人生の日々を助け合って生きて来た。これらの歌には妻に対する愛情と感謝が込められている。五首目と六首目は娘夫婦と息子夫婦に関する歌である。社会や政治の動きに目を凝らしながらも、長野は恋女房のバースディケーキや娘や息子からの贈り物を詠むことも忘れない。なお歌集名となった『凛と華』は二人の愛孫の名前である。

長野はいわゆる「巧い歌」を作る人ではない。表現は直接的で、リズムは必ずしも滑らかではない。しかし、私はこれでよいと思う。冒頭で述べたように、長野の短歌は心の奥底から湧き上がる叫びである。長野は短歌という媒体を通し、庶民の立場から社会の不正義や矛盾を糾弾する叫びをあげて来た。彼の叫びは日本全国に反響を呼び起こす力を持っている。

長野が尊敬する先達歌人の一人に水野昌雄がいる。長野の短歌のよき理解者だった水野は、「現代短歌におけるリアリズム」（『現代短歌の批評と現実』所収）の中で、「リアリズムとは当為の問題であり、いかに生くべきかの問題である」という趣旨のことを述べている。「当為」とは「まさに成すべきこと」とか

「本来あるべき姿」とかの意味である。さらに水野は結語の部分で、「あやしげな商業文化の氾濫するなかで、風化状況を克服してゆくとすれば、いやおうなしに『即個人的』でありつつ、今の時代に生きていることを証すしかないではないか」と主張した。まさに長野の作品は、人生のさまざまな場面で抱いた感慨を率直に詠み込んだ「即個人的」な短歌である。それはそのまま、昭和から令和に至る時代を真摯に生き抜いた証になっている。だからこそ水野は長野の短歌を高く評価したのだろう。

長野は一九四四年の生まれである。高齢になると社会の動きから距離を置き、いわゆる枯淡の境地に遊ぶ歌人も少なくない。しかし、長野はそういうこととは無縁と思われる。なぜなら彼は若い頃と変わらず、政治や社会の動きに強い関心を持ち、批判精神を失わないからである。刺激に富んだこの歌集が歌壇の枠を超え、多くの人々に読まれることを私は願ってやまない。

あとがき

『凛と華』は私の第五歌集である。想い起せば、一九八六年、腰椎椎間板ヘルニア手術の入院中に初めて短歌を作り、新聞に投稿した歌、

　お母さんは生理だから風呂に先に入れと中三の息子に言う我

について選者の水野昌雄さんから「この作者はとらえ方がユニークで、個性的で印象に残った」という評を読み、単純な私は作歌を続けることになった。

　その後、二〇〇四年、地元寝屋川市に発生した廃プラスチック・リサイクル公害とのたたかいの時期、十年ほど短歌の投稿を休み、十年前に復帰した。復帰後の十年は急速な社会の変化が次々に起きた。「新しい戦前」と言われるほどの軍国日本への回帰が、アメリカ言いなりの政府のもとで追求されて来た。すでに

「敵基地攻撃」や「長距離ミサイルの配備」「沖縄南西諸島をはじめとする日本列島の不沈空母化」が平和憲法、なかんずく九条を踏みつけにして、この瞬間も続けられている。また、三代にわたる岸・アベ一族による反共オカルト団体・統一教会との癒着が明かになり、国政のゆがみの秘められてきた一因が明かになった。さらに、コロナ禍のもとで「失われた三十年」と言われる富者と民衆との格差社会が著しく進み、岸田内閣の支持率が大きく落ち込む今である。

また世界に目を転じれば、新型コロナのパンデミックは人類の気持ちを狭量にしたのだろうか。二〇二二年二月、プーチンの侵略戦争が始まり続いている。二〇二三年十月、イスラエル・パレスチナの戦争が勃発、イスラエルによるガザに対するジェノサイド攻撃が激化し、人道危機と言われる戦争犯罪が平然と続けられている。

私は、現在の日本と世界の在り様がこのまま続けば、日本社会の劣化が続き、また人災による気候危機や核戦争による人類滅亡さえありうるという危機感を募らせている。こうした現実を直視・共有し、人類の健康な未来を実現するために、目に見えないほど小さな抵抗ではあるが自分が出来ることを考え「短歌の力」を信じ、作歌に務めてきた。その証としての歌集『わが道を行け』『今なら間にあう』に続き『凛と華』を次々に上梓した所以である。

『凛と華』にはコロナ禍が猛威を振った二〇二〇年～二〇二二年の作品を収めた。

歌集名は、

凛と華六歳二歳の孫むすめ永遠に平和を九条いのち

の一首から採ってタイトルにした。

この歌集にはイギリスに住む歌人・渡辺幸一さんより「歌集『凛と華』に寄せて」を書いて頂いた。この玉稿は、先に上梓した『ギブスベッド』『コーヒーブレイク』に寄せて頂いた水野昌雄さんの御文に続く大きな励ましである。

渡辺幸一さんの「歌集『凛と華』に寄せて」には、廃プラスチック・リサイクル公害に苦闘した住民運動における拙歌を真っ先にとりあげて頂いているなど、私の胸の思いについて過分の評を頂いた。また、水野昌雄さんの「リアリズムとは当為の問題であり、いかに生くべきかの問題である」と言う至言など多くを気付かされ、私をさらに短歌の道に奮い立たせて頂いた。渡辺幸一さんに深く感謝申し上げます。

拙歌集『凛と華』は、選歌並びにタイトル等について筆字の文字を長勝昭さんにお願いした。また、掲載歌は所属短歌団体や短歌紙などにて投稿歌を選歌、掲載していただいた方々が居られてこその歌集である。記して感謝申し上げます。

青磁社の永田淳さんに出版を快く請けていただき、ありがたく感謝申し上げます。

タイトルは、連れの邦子の提案、カットは娘・真美が今回も描いてくれ、感謝感謝です。

二〇二三年十一月十五日　来年、一年生になる初孫、凛の誕生日に

長野　晃

自己紹介

○一九四四年　岡山市生れ（父は大分市、母は下関市の出身）
○倉敷市立中洲小学校入学、吹田市立千里第二小学校卒、吹田市立第一中学校卒、大阪府立茨木高校卒、京都大学工学部合成化学科卒、京都大学工学部学生自治会委員会、京都大学同学会（全学学生自治会）書記長。
○クラボウ研究所に勤務、日本共産党勤務員、寝屋川市長選挙候補者、寝屋川市太秦第二ハイツ自治会会長十年、大阪から公害をなくす会幹事、廃プラ処理による公害から健康と環境を守る会事務局長、国土問題研究会理事、道路公害に反対する住民運動大阪連絡会代表、寝屋川市フラット寝屋川副会長、新日本歌人協会全国幹事・大阪府連絡会代表などを歴任。
○所属短歌団体　日本歌人クラブ、日本民主主義文学会、国際啄木学会、大阪歌人クラブ、短詩形文学、新日本歌人協会京阪歌会、新アララギ、塔短歌会、合歓の会、林泉短歌会
○連れ合い　長野邦子（大連生れ、長崎県出身、奈良女子大学卒、私立高校および大阪府立高校教員、大阪府立高校教職員組合婦人部長、衆議院候補一回、大阪府会議員候補三回、寝屋川市長候補二回、計六回立候補）
○歌集　『ギブスベッド』（一九九〇年、せせらぎ出版）、『コーヒーブレイク』（二〇一五年、生活ジャーナル社）、『わが道を行け』（二〇二一年、いりの舎）、『今なら間にあう』（二

○二〇二三年、典典堂）
○主な著作
『ゴルフ場問題入門』（一九九〇年、せせらぎ出版）、『大阪再生学』（一九九五年、機関紙出版、長野くに子と共著）、震災予防マニュアル（一九九五年、機関紙出版、長野邦子と共著）
○執筆著書等
『ニュー・スポットは大阪を救えるか―大阪市のベイエリア開発と公共投資』（一九九五年、せせらぎ出版）、『これでわかる食の安全読本』（一九九七年、合同出版）、『自動車公害根絶、安全・バリアフリーの交通を目ざして』（二〇〇四年、自治体研究社）、『市民の環境安全白書』（二〇〇六年、自治体研究社）、『予防原則・リスク論に関する研究』（二〇一三年、本の泉社）、「土屋文明詠歌再考―伊藤千代子映画化に寄せて」『治安維持法と現代二〇二〇年春季号』、『廃プラ・リサイクル公害とのたたかい―大阪・寝屋川からの報告』（二〇二一年、せせらぎ出版）、『日本の科学者』（二〇二二年二月号、本の泉社）、『環境施設』誌一六七号一六八号一七〇号～一七二号（二〇二一～二〇二二年、公共投資ジャーナル社）、『月刊保団連』、大気環境学会等環境団体誌に論考掲載。
○その他
『松川歌集』復刻版の刊行（二〇一四年、松川歌集復刻版刊行実行委員会）
ブログ「杉並病、寝屋川病を忘れるな」（ホームページ）

歌集　凛と華

初版発行日　二〇二四年二月二十日

著　者　長野　晃
寝屋川市太秦中町二九―二三（〒五七二―〇八四三）

定　価　一八〇〇円

発行者　永田　淳

発行所　青磁社
京都市北区上賀茂豊田町四〇―一（〒六〇三―八〇四五）
電話　〇七五―七〇五―二八三八
振替　〇〇九四〇―二―一二四二二四
https://seijisya.com

題　字　長　勝昭

本文挿画　長野真美

装　幀　仁井谷伴子

印刷・製本　創栄図書印刷

ISBN978-4-86198-579-9 C0092 ¥1800E